꽃비 내리는 날

꽃비 내리는 날

전경옥 시집

한국
문인

친정어머니가 소천하시기 6개월 전에 어머니와 친분이
있는 몇 분을 모시고 아산 스파비스 온천여행을 다녀왔다.
온천물놀이를 하고 난 후 어머니 머리를 감겨드리는데 몸
도 많이 야위고 머리카락도 많이 빠져 있어서 울컥하고 눈
물이 쏟아졌다.

그때의 마음을 담아 쓴 〈어머니의 흔적〉으로 여성비전센
터에서 주관하는 시 부문 글짓기대회에서 장려상을 받게
된 것이 시를 쓰게 된 동기가 되었다. 시를 쓴다는 것이 생
각과는 다르게 녹록치 않았다. 그래서 시 쓰는 것을 잠시
중단하고 수필을 써보게 되었다. 시를 가르치던 교수님께
서 둘 중에 한 가지만 선택하여 써보라는 조언을 해 주셨
다. 지인들에게 시와 수필 중 어떤 것이 더 소질이 있는 것
같으냐 물어보니 보는 관점에 따라 어떤 이는 시가 잘 어
울린다 하고, 또 다른 이는 수필이 더 낫다고 하여 어느 것
하나 포기하지 못하고 여태껏 두 장르를 넘나들게 되었다.

남다른 소질이 있었던 것도 아닌데다가 아주 늦게 시작

한 문학의 길이어서 끊임없이 배우고 노력하는 수밖에 없었다. 에세이포레 문학회에서 수필부문 신인상을 받게 되고, 새한국문학회 〈한국문인〉에서 시 부문 신인상을 받게 되면서 등단하는 영광도 얻게 되었다.

그동안 열정적으로 지도해주신 이재헌 교수님께서 안타깝게도 작년에 갑작스럽게 세상을 떠나셨다. 나로 하여금 본격적으로 시의 세계에 입문할 수 있도록 도와주신 교수님께 감사드립니다.

시집 〈꽃비 내리는 날〉이 나오기까지 따뜻한 격려와 후원을 아끼지 않으신 선배 문우 여러분들과 평설을 써주신 이철호 이사장님, 편집을 도와주신 이상필님, 그리고 사랑하는 남편과 우리 가족 모두에게 고마움을 전합니다.

2019년 2월
전경옥

차
례

|제1부| 지리산 천왕봉 품에 안겨

| 제2부 | 꽃비 내리는 날

|제3부| 손 흔들던 어머니

| 제4부 | 어머니의 흔적

|제5부| 뜸부기 같은 사랑

|제6부| 늘은 소의 슬픔

| 제1부 |

지리산 천왕봉 품에 안겨

봉수산 휴양림에서

하룻밤 머물렀던 봉수산 휴양림
가까이 바라다 보이는
예당호수 수면 위로
한 폭의 수묵화를 펼치는 물안개

짙푸른 숲속에는
앙증스러운 제비꽃
붉은 치마 휘감은 진달래꽃
상큼한 솔향이 코끝에 번져온다

십여 년이 흘러간 세월
정감이 넘치는
「유테르피」 음악 모임이 있었지
바흐의 'G선상의 아리아'
슈베르트 '겨울 나그네'
봉수산의 밤을 수놓았던
휴양림의 그날 밤은 그윽이 깊어갔다

간월도의 노을

서산마루에 기울고 있는 햇살
붉은 노을이 어둠의 강을 건너려 한다
섬과 섬 사이 바다 물빛이 붉어진다

멀리 안면도가 바라다 보이는 간월암의 노을
암자만 덩그러니 남아
저무는 짙은 그림자 드리운 채 적요롭다

갯벌에 어둑한 물결이 밀려오고
조개들도 서둘러 제집을 찾아드는지
갈매기 눈치를 살피며 바삐 움직인다

땅거미 내리는 갯마을 사람들
소쿠리에 주섬주섬 챙겨 들고
노을 속으로 발길을 재촉하는 가을 저녁

주왕산 단풍에 빠지다

하늘이 내린 신비한 바위들이
병풍처럼 펼쳐진 주왕산의 속삭임

전설 속의 주봉을 향해
마루길 따라 성큼성큼 오른다
유리알같이 맑은 하늘 아래
흰 구름을 머리에 이고 있는 기암절벽들

석공이 다듬어 놓은 듯
크고 작은 바위들이
주홍빛 단풍 치마를 펼쳐 두르고
석불처럼 의연히 늘어선 산등성이

물안개 가슴에 품은 용연폭포
시원한 물줄기를 뿜어대는 용추폭포
김이 모락모락 나는
시루떡을 얹혀놓은 듯한 시루봉

계곡 길 지나는 곳곳에
노란 산국이 환히 웃고 있는 가을 산이다

까마귀 날으는 밀밭

고흐의 방은 고통의 공간
생활고에 시달리다
동생 태오의 보살핌으로
연명하던 방
낡고 삐걱거리는 공간

사랑을 그리워하고
물감 값을 걱정해야 하는
현실의 공간

노란 햇살의 방을 꿈꾸고
곤한 잠이 들 것 같은 방
화가 공동체를 꿈꾸던 방
고흐의 소망이 담긴 방

그림 속의 아를의 방은 완벽한
방이었을까?
고흐가 권총 자살한
휴식의 방은 오베르의
방이었던가

조카와 생계를 위해
많은 그림을 그려냈다

고흐가 고뇌하며
걸었던 그 오솔길을 걸으며
생활고에 안절부절못하며
불확실하게 살아가던 모습 속에
오베르 방의 유혹이 긴 밤
나의 가슴속에도 쓸쓸함이 배어든다

오베르 쉬르우아즈
농부들은 일터로 향하고
누렇게 익은 황금 들판에
검푸른 하늘 위를 날아가는
까마귀 떼 마냥
자유를 꿈꾸었다

지리산 천왕봉 품에 안겨

구례 성삼재 넘어
깔딱 고갯길 가슴 바트게 헐떡여도
기엄기엄 지리산 노고단에 올랐지

세석 습지에
왜갓냉이, 호오리새, 동의나물, 쑥부쟁이
화강암, 편마암이 우뚝 솟아있고
흐르는 물소리가 마음을 적시네

어둠을 가르고
새벽 한기 젖어 드는 천왕봉 가는 길
헤드 랜턴 줄지어 가는 행렬은
멀고 먼 순례의 길 아니런가

통천문 앞에 서니
산짐승들 두려운 듯
바위 밟는 소리만 조심스러운데
바람과 이슬에 젖은 몸에
산자락 산목련 진한 향기 흩뿌리고
산허리를 감아올리는 운해
산수국도 흠뻑 젖고 내 마음도 적셨네

운무가 둘러싸인 곳에
살아 천 년 죽어 천 년
기품 있게 서서 죽은 주목들
한쪽은 고목되고 다른 쪽은 새순 나니
부자父子목이라

초침은 쉴 새 없이 달리며
서산마루에 걸터앉은 석양도 숨어버리고
머리카락은 세월의 흔적만큼 빠지고
이마에는 굵은 주름살

해발 일천구백십오 미터
한발 한발 힘껏 당겨 천왕봉 올라서니
신선일까 가슴 가득 밀쳐오는
환희의 구름바다
두 손 벌려 그 푸른 기운 속으로 스며들었네
미움이나 시기의 마음 한 오라기도
품을 수 없었네

은고개 계곡

남한산성 은고개 계곡
산속 막다른 맨 끝 집
개 짖는 소리 따라 찾아들면

달빛 아래
땅거미 내린 지 오래
땀에 젖어
하얀 이 드러내며 반기는
친구 부부가 손짓하네

거실에 놓인 드라이플라워
야생화 거치른 잎 꽃줄기
액자에 담아
세잔느 모네를 연출하고

남새밭에 처음 심어본 아마란스
불타는 듯 출렁거리는 풍경을 담고
토마토 갈아
잘 익은 정을
꿀꺽꿀꺽 마셨네

토마토 고추장 담그며
고달픈 삶 살아내는 그녀가
고향 우리 옆집
인숙 엄마 생각난다

삿갓재 대피소 가는 길

덕유산 향적봉 정상에 올라서니
초록 융단 깔아놓은 듯
겹겹이 둘러싸인 푸른 산봉우리들
잎새를 흔들어 대는 시원한 바람이
땀방울에 젖은 콧잔등을 말린다

삿갓재 대피소 넘어가는 발걸음들은
오르막 내리막 숨 가쁘다
산사람들 밟고 간 발자국들을
뒤적거려도 흔적이 없다

꼬부랑 길가에 노랗게 피어난
야생화들이 발길에 흔들린다
이 길을 먼저 지나간 산사람들은
지금 어디쯤 가고 있을까
외로운 산새 소리만 낭랑한 음색으로
귀청을 울려댄다

연분홍 산철쭉들 해맑게 미소 짓는
삿갓재 가는 길가

빨간 뱀딸기가 바짝 달라붙어
매달려 있다

독사 실뱀이 꼬리를 감추며 스르르 지나간다
어미 독사도 어딘가에서 지켜보고 있겠지
어둠이 스며들기 전
대피소에 도착해야 하는데

쉼 없이 내려오니
노을에 붉게 잠긴
삿갓재 간판이 정겹다
저만치 우뚝 솟은 풍력기 날개가
인생의 수레바퀴가 쉼 없이 돌고 돌듯 돌아간다

맹그로브 숲 반딧불이

바라보는 북두칠성이 유난히 찬란하다
어두움을 헤치고 강줄기를 따라 흘러가는 선상
저 멀리 맹그로브 숲에 날아다니는 반딧불이
신비로운 빛을 발한다

선장이 물 한 바가지를 퍼 흩뿌려대자
한 무더기 반딧불이 우왕좌왕하며
마치 분수 쇼를 하듯
빛을 뿜어낸다

어린 시절
엄마와 함께 옹달샘에 가서
등목을 하며 바라보았던

어두운 한가운데로
자유롭게 날아다니던
영롱한 반딧불이 빛이
아직도 추억으로 남았다

선장이 연거푸 퍼붓는 물에

젖은 날개는 더 이상 날지 못하고
땅바닥에 철퍼덕 떨어진 채
간간이 들리는 신음소리

이승과 저승 사이를 오가며
지쳐 있는 반딧불이 안쓰럽다
잊지 못할 반딧불이를
말레이시아 맹그로브 숲에서 만났다.

별이 뜨는 밤이면

군불에 구워
포삭하게 익은 감자와
쫀득거리는 찰옥수수를 먹으며
맑은 구름을 바라본다

앞마당에 심어놓은
방울토마토 가지가 찢어질 듯
주절이 열려 있고

상큼한 오이를 따서 소쿠리에
듬뿍 담았다
잘 익은 고추가 가지런히 널려 있다

'기차는 8시에 떠나네'
멜로디가 구성지게 들리자
며칠 전에 이생을 툭툭 털어버린
친구가 문득 떠오른다며
눈가에 물기가 젖어든다

늦은 저녁밥을 대충 먹고

평상에 깔아놓은 돗자리에 누워
까만 밤하늘을 바라보니
별들이 모래알처럼
촘촘히 박혀 있다

어릴 적 고향 친구들과 별을 세어보던
그때가 문득 그리워진다

해금강의 절경

억만년 세월에 엎어진 기암괴석
망망대해는 물살로 제 몸을 찢어발기고
깊고 깊은 동굴 틈새로
야생화는 뿌리를 틀어박았다

정오의 햇볕이 따갑게 내리쏟고
일상의 짐이 해풍에 날아간다
도미 꼬리가 물결을 쳐대자
흔들리는 옥정 3호
선장님의 익살 궂은 입담에
승객들 한바탕 후련하게 웃는다

오랜만에 동행한 동생 내외는
서로 무어라 손짓하며 흥겨워한다
앞만 보고 달려온 시간은
뱃머리에 부딪혀 흩어지는 물결 같구나

먹이사슬의 싸움이 치열하다 해도
삶을 살아내는 것만 하랴

천혜의 해금강은 세파에 지친
나그네의 마음을 포근히 감싼다

타트라 산맥의 안식처

슬로바키아 타트라 산맥의 산장
이천육백 고지는
부부의 하룻밤 안식처였다

빼곡한 침엽수에
반가운 민들레
산짐승 도적도 나올 것만 같아
잰걸음 치며 바삐 걸었다

물안개 자욱이 피어나는
옥빛 호수에 한가로운 오리 한 쌍
몰려다니는 물고기 떼
우리 부부는 배경 속에 한 점이 되어

망망대해에 외로운 조각배처럼
힘겨운 역경에도 서로가 버팀목이 되어
한곳을 바라보며
동행했던 시간이 아련히 떠오른다

제2부

꽃비 내리는 날

산목련꽃

지리산 깊은 산속에 바짝 들어서자
수줍은 소녀 마냥 활짝 웃으며
기지개 켜는 산목련 한 그루
흩으러 놓은 산향기 끌어당겨 듬뿍 품고는
코끝을 살며시 매만진다

지나치던 길손들 발걸음 꼭 붙잡고
가로막는 네 앞에 서서
내가 너를 물끄러미 바라보듯이
누군가 나를 애잔하게 바라볼 것이라
꼬리를 길게 늘어뜨린 향기도
어느새 저만치 훌쩍 가버리고

가파른 벼랑 오르며 발목이 시리게 걷다가
우두커니 홀로 서 있던 그날
갈 길은 아직도 아득한데
땅거미는 슬금슬금 내리고
산목련꽃은 산그늘에 슬그머니 잠드네

피 흘리는 나무

치앙마이 널따란 골프장에
꽉 들어찬 푸테로카르푸스 안고렌시스 나무
한낮 땡볕 더위에 핏방울 송글송글 맺힌 나무는
선 채로 꼼짝없이 골프공 연속 맞아
셀 수 없이 피멍 들었네

구릿빛 얼굴에 무표정한 인부들
눈시울 적시던 나무들
생선 토막마냥 잘려나가
육중한 몸은 땅바닥에 나뒹굴다가
날카로운 톱날에 연거푸 쏟아내는 톱밥 흘리는데
아뿔사! 피를 철철 흘리는 나무라

빨간 수액은 산모의 젖줄인가
십자가에 매달린 예수의 붉은 피인가
나라에서 보호수로 지정한 나무가
거부할 수 없이 무차별 공을 맞았다

눈 감고 수술대 올라
음파를 들려주며

쇄석술로 결석을 깨뜨리던
그날처럼 아팠으리라

꽃비 내리는 날

꽃비 흩날리는 봄날
과천 대공원 길을 걷는다
가슴이 꽃물에 흠뻑 젖는다

웨딩마치에 맞추어
레드카펫을 걸어가던 날
그때에도
내 머리 위에 꽃비가 내렸었지

말그레한 은빛 나비들이
선녀의 옷자락처럼
나풀나풀 떨어지는 봄날의 환희

직박구리 새떼들도
신바람 입에 물고
벗나무 그늘 속을 휙휙 날아든다

향기 품은 벚꽃 길을
나는 그날의 신부처럼 걷고 있다

관악산 중턱에 내려앉아

쟁기로 밭고랑을 깊게 파듯
불볕더위는
살갗을 검게 태운다

물을 끼얹어 무더위를 식혀도
흐르는 땀방울은 금세
속옷을 흠뻑 적신다

대지를 들끓게 하던 폭염도
말복에 들어서자
저만치 물러섰다

한가로이 떠도는
구름은 관악산 중턱에 내려앉아
시원한 그늘을 펼쳐놓는다

땡볕에 지친 나뭇잎들도
저녁 창가에 매달려 목청껏 울어 대던
매미들도 꼼짝 못하고
가만히 숨만 헐떡인다

5호 6호 약수터

미사일 쏘아대는 북새통에
연일 뿜어대던 뜨거운 열기와
후텁지근하게 끈적거리던
긴 여름은 자취를 감추고
가을이 성큼 문 앞에 서 있다

청계산을 울려대는
싸르락 찌르르륵 풀벌레 소리
흐르는 물소리가
마음을 고요히 가라앉히다

청계산 5. 6호 약수터 가는 길
가시 밤송이 알밤을 쏟아내고
길고양이들
이리저리 빗물 털어내며
멋 내기로 사람들 눈길 붙잡는다

사정없이 달려들어 쏘아대던 모기들
어디로 떠났는지 기척도 없다
오가는 사람들 발길도

한산해진 약수터

말갛게 흘러내리는 약수 물로 목을 축이고
만나는 사람마다 따뜻한 눈길 보낸다

통영 우도에서 베네치아를 보다

생달나무 후박나무
연화도 그리워하다
오백 년 비바람 견디고

바다를 바라보며
자기 혈육들 그리워
뱃길 바라기

구멍섬 동무 삼아
소처럼 누워 있다
바람을 잠재우는 깊어가는 그믐밤
자갈을 쳐대는 파도 소리
차르락 차르락

멋있는 신사가 베네치아 곤돌라 노를 젓는다
지금도 귓가에 산타루치아
음색이 울리는 듯하다

저만치 물속으로 풍덩
성게 찾느라 물질하는 다정한 부부

네 개 발끝에 물살이 출렁인다

섬사람 플롯 소리 따라
개구리 가족들이 협연할 때
성게 문어 한 접시를
어머니 밥상에 놓아 드린다

동강에서 하루

영월 동강에서 래프팅 어라연 코스

빨강 구명조끼에 헬멧 쓰고
고무보트에 올라
한쪽 발을 고정한 다음
여덟 명이 큰소리로 하나, 둘
구령에 맞춰
노를 깊이 넣어 저었네

빽빽이 둘러선 푸른 소나무 사이로
물소리 새소리 바람 소리 웃음소리
굽이치는 물살에 떠밀려 가는 곳마다
곡예 하듯 스릴을 만끽하며
세상 시름 다 내려놓았네

물살 아래 유유히
헤엄치던 물고기들은
보트에 이리저리 부딪히며
정신이 혼미하여 비틀거리듯
우리의 삶도 흔들렸지

한낮 태양 빛에 까맣게 그을린 얼굴들
듬성듬성 박힌 하얀 머리칼에 물방울 젖은
황혼이 길게 드리운 사람들
배려하고 웃으며 응원하고 격려하는 몸짓들
"우리가 함께 있기에 내가 있다"라는 〈우분트〉 정신에
하나 된 마음은 지칠 줄 모르는 청춘이었네

신우대꽃 곁에서

가녀린 몸으로 찬 서리 내리는 밤 지새우며
북풍한설 잘 견디어 온 신우대숲

울 듯 웃을 듯 50년 만에 피운 그 대꽃에
노고단 별빛이 쏟아지던 밤
네 곁을 무심코 스쳐 가다가
꽃 피우면 쓰러질 대꽃 앞에서 멈칫 섰네
너는 우리를 만나려고 까치발 들고 기다렸는가
신우대 첩첩 꽃물 잎잎마다 가냘픈 음계라

대꽃 뚫어지라 응시하던 눈망울로
남편의 뒷모습 바라보니 겨울나무라
몇 생의 실타래로 이어진 그대와 나
가을날 볏단 서로 기대듯 의지해 볼까

속살 태운 불꽃 가슴 한쪽에
하늘 더듬던 꽃대 흔들리는 숨결로
살포시 미소 짓던 푸르름이
쏜 화살 세월은 주마등처럼 스쳐 가는데
패어진 주름살에 희끗희끗한 백발이 먼저 와
내 마음을 적시네

신우대꽃은
우리의 죄를 위해 성대한 장례식을 예비한
예수의 십자가인가
누구든지 나를 따르려거든
자기 십자가를 지고 오라
나는 잠시 잠깐 그 십자가를 질 수는 없는 것일까
신우대꽃 곁에서 오랜만에
붉은 죄를 생각해 보았다.

잃어버린 시간

낙엽들이 들어앉은 빈 의자에 끼어들자
발밑에 펼쳐진 남산을 바라본다
울긋불긋 치장한 산과 마주쳤다
여름을 멀리 쫓아내고 찬 서리가
고운 잎을 그려놓았나
이리저리 떠밀리는 낙엽들
길거리에 촘촘히 널려놓았다

언제인가 꿈이 온통 날개를 펴던 날
까만 하늘에서 별빛이 나직이 내려올 때까지
쇼펜하우어와 니체의 얘기를 하며
시간 가는 줄 모르고 밤을 지새웠다

지나간 삶을 돌이켜볼수록
기억 속에 추억만 아련하다

서산마루에 걸터앉은
석양이 멀리서 나를 손짓하듯
빛을 발하며 멈추라고
슬며시 귀띔해 준다

들개 가족

치앙마이 골드캐년 11번 홀
돌무더기 구석에
들개 가족들이 산다
상처 입은 한쪽 눈이 벌겋게 충혈된
비쩍 마른 어미를 새끼들이 쫓아다닌다

하나둘
던져주는 빵조각들
입에 덥석 물고 부리나케 뛰어간다
가족들 먹이려고
상처 난 눈가에는 진물이 흐르고
보살펴 주는 사람 없다

밤낮없이 일하는 가장들
들개를 닮아있다

너른 들판을 자유롭게 다니는 야생들개
자유롭고 상처 없는 들개들의 삶을 꿈꾼다

슬픔 어린 그곳에 가면

'철마는 달리고 싶다'
월정역* 앞
현판에 새겨진 간절한 소망

남과 북이 갈라진
휴전선, 그리고
비무장지대
철새들은 계절 따라
바람결 타고 오고 가는데
한겨레 한 핏줄, 등 돌린 슬픔
경원선과 경의선은
발길 끊긴 지 70년 세월
녹슨 철길에 앙상한 잔해
무너진 화물열차가 말없이 누워있다

월정역 너머로
땅거미가 가뭇가뭇 내린다

* 월정역: 강원도 철원 최북단에 있는 역

50

제3부

손 흔들던 어머니

기억 속의 풍경

워낭소리 딸랑딸랑
논둑길에 순심아재 달구지 타고
언덕 넘어 보리밭으로 바삐 가네

노을빛에 코스모스 목 늘이고
색색깔 멋 낼 때

들판에 고개 푹 숙인 벼 이삭들
벼 타는 냄새 물씬 난다
톡톡 튀는 메뚜기 떼들
한 병 가득 채워
가마솥에 달달 볶아
동생들과 둘러앉아
맛있게 나누어 먹고

사금파리에 질경이 잎 싹둑 잘라놓고
해가 지는 줄도 모르고
소꿉놀이하던
연자 언니 그리워라

외할머니 집 가는 길

과천호수 호수정 뒷길 생활공원
나지막한 오솔길에 들면
소프라노로 화답하던
산새들이 마중 나와 반갑게 맞이하네

제각각 이름표 내밀던
꽃댕강나무, 고광나무, 흰말채나무
길손들 불러 모아 마음의 손을 붙잡네
초등학교 입학하던 날
무명 손수건에 달린 이름표 달고
운동장에 정렬하던 내 모습처럼
나뭇가지마다 꿈의 잎새 손짓인가

숲길 나뭇잎 비집고 들어온 햇살이
이슬에 송글송글 맺혀 기지개를 켜는데
쌀밥 달린 이팝나무는 굶주리던 시절의 소망이었네

발에 얼음 박힌 곳
퉁퉁 붓고 가렵던 발에
가짓물 끓여 발 담가주던

어머니 따뜻한 품안에 닿을까
우람한 나무 그루터기 앉아 고향 그렸네

질척한 흙길에 살얼음 얼까
울퉁불퉁 가마니 깔아놓은 길 넘어질까
조심스레 어머니 손잡고 외할머니 집 가던 길
저만치 머루 다래 따주던 어머니 향기 흘러
고향 집 빼곡히 들어선 대나무 숲 참새들처럼
고향 산자락 한 그루 나무에 서서 노래 불렀네

산촌의 그리움

양지바른 뒤란
흐드러지게 붉게 익은 보리수
암탉의 게으른 걸음을 따라
꼬옥 꼬옥 어미 따르던 병아리들

톡톡 벌레 쪼아
새끼 입에 넣어주고
잘근잘근 밥알 씹어
내 입에 넣어주던 어머니

뒷동산 사철 푸른
아름드리 소나무들
동아줄 엮어 매단 그네
힘껏 더 멀리멀리
희망도 모르고 굴러 보았다
잘한다 잘한다 뒤에서
응원하던 어머니

노란 솔가리와 솔방울
갈퀴로 긁어

멱구리에 꾹꾹 담아
아궁이에 불 지피면
활활 태우던 어두움

어머니는
나의 등불이었다

손 흔들던 어머니

플라타너스 잎새가 땅바닥에
나뒹굴던 날이었지
전철로 우리 집에 오셨다가
어머니가 타고 가시던
9번 버스는 오늘도 변함없이
제가 온 길로 다시 되돌아가네

버스에 올라
마른 잎 같은 손을 번쩍 들어
흔들던 어머니
단 한 번도 함께 가지 못한 나는
넋 나간 사람처럼
사라져 가는 버스를
우두커니 서서 바라보았네

미처 말하지 않아도
어린 아기들을 돌봐주고 다친 마음
무조건 위로하고 다독이며
내 곁에 있어 주던 어머니

관절염 앓던 어머니가 절뚝절뚝거리며
층계를 몇 번 쉬어 왔다고 해도
듣는 둥 마는 둥 무심한 피붙이
돌연 어머니 세상 짐 내려놓고 떠나자
가위눌린 뉘우침에 천둥 울음을 울었네

과천역 7번 출구 에스컬레이터가
마냥 높은 줄 이제야 알았지

9번 버스만 보면 절로 심장이 콩닥콩닥
목멘 울음 볼멘소리 보듬던 아린 가슴에
내리사랑 손 흔들던 마음의 별로 떠
어머니 흔적은 간절한 그리움으로
닳고 닳은 성경책처럼 남았네

추억의 운동회

플라타너스 그늘 아래에서
흙먼지 날리던 초등학교 운동회 날
청백 계주 부락대항이 있었다
검정 부르마* 팬티에 하얀 셔츠
머리에는 청색 머리띠 질끈 두르고

1등으로 내달리자
동네 사람들 뜨겁게 응원하던 함성 눈에 선하네

폐교된 지 어느덧 10여 년이 흘렀다
하늘이 붉은 물감을 풀다가 운동장에 내려와
노을의 긴 그림자 드리워지고 땅거미 질 때
굴뚝에 저녁연기 피어올라
집으로 향하던 동동걸음

코스모스 길게 드리워진 꽃길이
엊그제 같은데
잽싸게 지나간 세월이 주름살로 남았네

공기놀이 돌차기도 하고

회전 그네를 타며 즐겁게 놀다가
꽃고무신 잃어버리고
맨발로 집으로 돌아오자
야단쳤던 어머니가 지금도 기다릴 것만 같네

고향 총동문회 체육대회 하던 날
운동장 끝 '차일' 아래
까맣게 그을린 얼굴로
활짝 웃으며 부르는 친구들
교정 한구석에 분홍 난초꽃
환하게 반기듯 '선후배' 동창들 반가웠지

어린 시절 친구들
얼굴에는 검버섯 겹주름이 잡히고
흰 머리카락이 성성한데
애들처럼 환호성 지르며 신명 난 달리기
꼬맹이 철부지 시절로 돌아가 행복했네

* 부르마 팬티: 검정색으로 허리와 다리 양쪽 단에
　　　　　　고무줄 넣은 운동할 때만 쓰던 팬티

밤실 밀국수

내 고향 밤실 실바람 불면
밀은 햇살을 물고 들끓는 중
끝없이 펼쳐진 밀밭 사이로
사륵 사르륵 귀청을 울려대는 숨 가쁜 소리
마음마저 샛노랗게 젖어 드는
밀레의 만종이 따로 있겠는가

할아버지부터 대대로 쓰던
손때 묻은 낫으로 베면
밀짚 대의 반질반질한 감촉은
명절에 엄마가 지어주신 비단 치마폭 같아
아직도 눈길 닿은 곳마다 밀밭 길 피어난다

엄마 손 잡고 이웃 동네 방앗간 가서
텅텅텅 쉴 사이 없이 뽑아낸
가느다란 국수 가닥
바람과 햇빛 섞어
나무틀에 걸어놓고 마르기 기다리니
괘종시계 시침은 한가로이 게으름만 피웠네

붉은 노을마저 방앗간을 흠뻑 적실 때
국수 묶음 양면 지에 둘둘 말아
양손에 들고 엄마 따라 집으로 돌아와
고향 향기 흠뻑 젖어 사붓사붓 풍겨오는
갓 뽑아낸 국수에 오이지 송송 썰고
갖은 양념 넣은 솜씨 올려놓으니
아버지 환한 미소가 가득한 만찬

밀대 방석 길게 펼쳐놓고
정겨운 식구들 행복한 밥상 둘러앉아
생 쑥 태워 모기 날리며
엄마가 옛날얘기 들려줄 때
별빛조차 알싸한 숨결에 가물가물 잠드는가

물감을 뿌려놓은 저녁노을에
그리움으로 새김질한 추억의 밀국수
끝없이 향수병을 앓는 마음의 밀밭 길
오늘도 그믐밤 눈썹달이 그립구나

어어리 상사리

못단 한 뭉치
물 댄 논에 던져 놓고
듬성듬성 꽂으며
농부들 곱사춤

어어리 상사리!

우렁이 배 밀며
새끼들 우르르 쏟아 놓고
참붕어 파닥이니 은빛 곱구나
샛바람 불어오니
벼꽃 떨어질라

어어리 상사리!

황금 들판에
고개 떨군 벼 이삭
따르륵 따르륵
메뚜기떼
볏단 한 움큼 들리니

와룽 와룽 와룽개* 돈다

어어리 상사리!

농부가 흥얼거리던
농부 다 어디 가고
밤실 물 댄 논에
벼 끝만 떠 있네

* 와룽개: 가을철 둥글게 생긴 원통에 철사로 얼기설기 되
어 있는 곳에 벼 알곡을 대면 알곡만 떨어지며 와
룽와룽 소리가 나는 것

하늘 여행

싱가포르 항공 S.Q. 602
무한히 드넓은 공간을 거침없이 비행한다
창가로 밀려오는 눈부신 햇살

잿빛 하늘
붉게 타는 노을로 울타리
한가득 펼쳐놓았다
구름의 벌판은 울퉁불퉁
얼음장을 깔아 놓은 듯하다
순례의 길을 걷고 있는 나그네 마냥
헐떡이며 가로지르는 머나먼 여행길

날개에서 번뜩이는 신호등 불빛만
제 모습을 드러낼 뿐이다
점점 어둑해지는 밤이 노을을 삼킨다
숱한 밤과 낮을 비행하는 조종사
신비한 두려움을 끌어안고 비행하리라

절대자의 작품 앞에 겸허하게
삶과 죽음의 경계를 넘나들며

할 말을 잊은 채 비행하는 담대함이여

어느덧 구름 아래
불빛들이 어슴푸레 눈에 들어온다
저 아래 아득한 곳
바둑판을 그려놓은 듯
사람들 세상이 반가움으로 반짝인다

골프장의 한나절 풍경

말레이시아 조호바르 탄종푸트리 골프장
거대한 도마뱀이 느린 걸음으로
희죽거리며 오만하게 기어간다

푸른 잔디에서
어미 새와 갓 태어난 새끼 새들이
한가롭게 뜀질도 하고
먹이를 쪼며 지절거리는
새들의 천국

원숭이 가족들이 한 떼 몰려와
카트위에 올라타고
먹을 것을 뒤적이다 못 찾은
원숭이들의 심술궂은 화풀이

손가방을 숲으로 끌고 가서
발기발기 찢은 후
핸드폰이 신기한 듯
발로 툭툭 건드리며 앙탈을 한다

골퍼는 애가 타듯
발을 동동 구른다
골퍼들과 원숭이들의
힘겨루기 하는 모습이
어느 나라 정치판을 보는 듯하다

딱총 들고 나선 제복 입은 사나이
딱딱 하는 총 소리에
겁에 질려 피하는 원숭이 가족
비쩍 마른 그놈들 눈망울이
서글퍼 보인다

제4부

어머니의 흔적

정겨운 저녁

한쪽 다리가 흔들리는
두레반 둥글게 펴고
식구들 둘러앉아
깻묵 된장찌개에 얼굴을 맞대고
정겨운 식탁에 정이 담뿍 담겼다

젖은 쑥 쌓아 불붙이면
매운 연기 머리 풀고 하늘로 올라가고
매캐한 쑥 내음에 까만 모기떼 웽웽
엄마 무릎에 고개 얹혀놓고
듣던 옛날이야기
밤이슬 내리는 줄도 모르고 빠져들었지
어느새 어둠을 집어삼킨 초승달은
깜박깜박 졸고 있었다

위풍당당하던 아버지도
손뜨개질로 시름 달래던 엄마도 없다
저 달 속에 그리움만 가득 남겨 놓았다

오빠가 만들어준 썰매

썰매를 어깨에 메고
겨울 찬바람을 가르며
꽁꽁 언 반질반질한 얼음판에
내려놓았다

오빠가 널빤지 조각에 못을 박아
바닥엔 두꺼운 철삿줄을 넣어
썰매를 만들었다

대못을 박아놓은 두 개의 막대기를
양손에 잡고 빨리 느리게 달리는 것을
조정할 수 있게 했다

불어오는 바람을 가르며 씽씽 내 달린다
간혹 엉덩방아를 찧기도 하지만
밥 먹으라는 엄마의 외치는 소리도
모르는 신나는 놀이였다
찬바람에 벌겋게 달아오르고
두 손은 곱아들어도
마냥 흥겨우니 시간 가는 줄 몰랐다

발은 얼음이 깊숙이 배겨 감각이 둔해지고
저녁에 들어오면
뜨거운 아랫목에 발을 넣으면
동상에 걸렸는지 간지러움을 참을 수 없었다

엄마는 아직 뽑지 않고 버려둔
바짝 마른 가지 나무 대를 뽑아
팔팔 끓는 가마솥에 넣고
잠시 후 그물에 발을 담그면
살 속에 박힌 얼음이 빠졌다
또 겨울이 오면 썰매를 타러 나갔다

한 해가 바뀌어도
추억의 썰매를 만들어준 오빠는 없다
나는 오늘 하루도 그 옛날 썰매를 타듯
힘껏 살아내련다

감 떨어지는 소리

재종 할아버지 뒷산 키 큰 감나무
안개 자욱한 새벽녘
'다래끼' 들고 감나무 밑에 서 있으면
툭툭 감 떨어지는 소리

재빨리 달려가서
잘 익은 홍시 바구니에 주워 담아
어린 동생들과 나누어 먹고
옷소매가 반들반들하게
더럽혀진 그 시절

선산에 아름드리 감나무 한 그루
어머니는 높다란 가을 하늘을 바라보시며
붉게 익은 감을 장대로 따서
하나씩 바늘로 침을 놓아
항아리에 깊이 집어넣고

따뜻한 물 부어
아랫목에
이불로 꽁꽁 싸매 숙성시키면

단단하게 익은 감이
아삭아삭 감칠맛 났었지

인기척 없는 뒷산에는
마실갔다 돌아온 까치들만 분주하고
감나무에 올라 감 따던
어머니가 문득 그리워지네

색색깔 그림 그려 놓은 감나무 잎이
한잎 두잎 땅바닥에 수북이 쌓이고 서리 내리면
고향을 지키고 있는 붉은 홍시들

겨울 속의 기억

얼음장 밑에 귀청을 울려대던 물소리
가느다란 송사리 떼 파르르 떨고 있다

산허리 휘감고 목화송이 같은
눈발이 휘날린다
시린 나뭇잎을 가만히 쓰다듬고
뒤란 장독대에 소복이 쌓여 있다

아침 햇살이 눈부시게 문틈을 비집고 들어온다
방안에서 춤을 추는 먼지가 선명하다
빛의 자녀들은 사소한 죄라도 드러난다 하였던가

감은 머리에 고드름이 매달려 대롱거린다
쩔꺽쩔꺽 문고리에 손이 달라붙는다
매섭게 추웠던 기억이 겨울만 되면
머릿속 기억에서 평생을 기웃거린다

뚜껑 달린 주발에 고봉으로 담겨 있던
집 떠난 오빠를 위한 밥그릇

생솔가지 태워 매운 연기로 눈물 흘리며
군불을 지펴 아랫목을 덥혀주던
어머니의 따뜻한 사랑이
그리워지는 날이다

딸 하나라도 여우 살이 시키는 것 보고 싶다던
병상에서의 아버지 그 말 한마디

기러기 떼 날다

팽나무 뾰족이 깎아 자치기 놀이하다가
마당에 한 무더기 노을이 깔리면
소꿉장난하던 동무들 집으로 돌아가고

텅 빈 가슴에
석양이 가득한데
기러기 떼 ㄱ자 ㄴ자 그리며
북쪽으로 날아가는구나

목화송이 눈송이마냥 눈부신데
뒷동산 금잔디에 누워
하모니카 불던 행방불명된
오빠는 없네

텔레비전 속에 이산가족 상봉 장면을 볼라치면
밤새워 눈물짓다가
머리에 서리가 새하얗게 내려앉은 어머니

지폐를 한 묶음 꽁꽁 싸매
오지 않는 오빠를 주겠다고

택시 한번 안 타고
노인이라고 멈춰 주지 않는
만원 버스만 기다렸네

언제나 통일되어 돌아올까?
기다리던 어머니 어디 가셨는가
고향 집 빈터에 살구꽃만
해마다 피고 지는구나

보리 이삭 줍던 날

정오 열기가 후덥지근하던 날
황금 들판을 누렇게 물들인 보리 이삭
보리 알갱이 끄트머리에 달랑 매달린
성근 가시들 대책 없이 손끝을 콕콕 찔러댄다

목덜미에 줄줄이 흘러내리던 땀방울
밭이랑 성큼성큼 바삐 걸으며
웃자란 푸른 풀잎을 뽑아내다

숫돌에 막 갈아낸
낫으로 보릿대를 바짝 움켜잡고
싹둑 베어 자빠뜨린다
볏짚 끈으로 질끈 옭아매어
단으로 묶어 땅바닥에 펼쳐놓고
한여름 쨍쨍 내리 쏟아 붓는 불볕 무더위

드넓은 밭을 이리저리 다니며
온종일 이삭줍기가 힘에 겨웠다

집집마다 부양해야 할 어린것들

배고프다 외쳐대는 아우성 소리
보릿고개 힘겹게 살아냈던
고마우신 세대들
불현듯 그리워진다

어머니의 흔적

지팡이에 맡긴 몸
손지갑도 힘에 겨워
걸음걸음 가쁜 숨 몰아쉬던 어머니

아산 스파비스 온천물
가벼운 물살에도
힘겨워하시던 어머니

머리카락은 세월의 흔적만큼 빠지고
깃털처럼 가벼워진 어깨

바위에 새겨진 글처럼
마음에 남겨진 미소

차창 밖으로
마른 잎 같은 손
보이지 않을 때까지
흔들어 주시던 어머니

사시던 웅비 아파트는

텅 비어 있지만

간절한 그리움으로

닳고 닳은 성경책만 남아 있네

벚꽃 축제

화가의 붓길 따라
오솔길 접어드니
동학사 계곡 꽃잎들
세월 가듯 흐르는데

산자락 고이 펼쳐
나비 떼 너울너울
절간 귀퉁이엔 금사초롱
호젓이 피어있네
봄바람은 벚꽃 잎들을 날려 보내고

방방곡곡에서 모여든 품바 꾼들
얼굴에 색색으로 그려진 익살스러운 모습과
헝겊으로 꿰매어 입은 복장
재담과 춤사위가 흥겹다

어깨에 엿가락 둘러메고
가위 소리 요란하다
어린 시절 빈 병과 맞바꾸어
몰래 먹던 달콤하던 맛

친구들과 옛이야기 꽃피울 때
희끗희끗한 머리카락 위로
벚꽃이 하나둘 떨어질 때
세월의 덧없음을 아쉬워하며
꽃비 내린 길을 걸어본다

아버지 사랑

4대 독자이신 아버지는
초저녁만 되면 아랫목에 잠자리를 펴신다
동틀 무렵 까치가 짖어대면
들창문을 활짝 열어젖히고
가만히 내 손목을 잡아
일으켜 주신다

부스스 눈을 뜨자마자
기다란 대나무 장대를 나에게 주시며
참새를 쫓고 오란다
아버지가 말씀하신 곳으로 가면
나를 반겨주는 것은
벼에 매달린 파란 이삭들이다

휘어이 휘어이 장대를 휘두르며
참새를 내쫓는다

지나고 보니 아버지의
부지런히 살라는
가르침이셨다

제5부

뜸부기 같은 사랑

살아있는 것들

장맛비가 쉴 사이 없이 퍼붓는다
이른 아침 긴 우산을 들고 대공원 산책길에 나섰다
인적 없는 도로에는 빗방울만 쌓여든다

호수 뚝방 길에 올라섰다
탁 트인 호수에서 물안개가 피어오른다
멀리 바라보이는 청계산 푸른 나뭇잎들과 호수가
어우러져 아름다운 한 폭의 수채화를 그려 놓았다
길에는 야자수 잎을 엮어 푹신하게 깔아놓았다

엮어놓은 틈새를 비집고 나온 무성한 잡초
질기디질긴 생명력이다
한 생을 살아오며 많은 장애물을 건너온
사람들과 닮은 것은 아닐까

비 맞은 참새가 내 주변을 빙빙 맴돈다
나뭇가지에 내려와 앉는다
먹이가 없었나 보다
한참 동안 참새가 날아갈 생각도 않는다
돌아갈 둥지는 있기나 한 것일까

뜸부기 같은 사랑

500여 종이나 되는 새들이 산다는
철새 도래지 천수만
수많은 새들이 푸드덕 비상을 한다

버드랜드 입체 4D 영상관에 들렀다
가창오리 떼가 파닥파닥 방정맞게
힘찬 날갯짓하는 동영상이 펼쳐진다
어린 새는 하늘을 날기 위해
수백 수천 번의 날갯짓을 하는
연습의 유래를 가만히 떠올려 본다

첫 날갯짓을 하늘에 싣기 위해
피눈물 시련을 겪어야 하는
붉은 이슬빛이 가슴을 적신다
시인은
얼마나 긴 세월을 날갯짓하여야만
저 푸른 하늘을 훨훨 날 수 있는 것인가

어미 새가
길 잃고 헤매는 어린 뜸부기를

제 새끼처럼 키워준 은공으로
먼 훗날 어미 새가 위험에 처하자
새끼 뜸부기가 적을 따돌리기 위해
온 힘을 다해 목숨 건 질주를 계속한다
은혜를 갚으며 살아가는
자연의 섭리가 사람들 모습보다 더 뜨겁다

새끼 참새의 덫

산책길에
햇살은 금잔디에 드리우고
까치는 두 발로 콩콩 뛰며
무얼 주워 먹는다

참새 한 마리 나뭇가지로
포르락 날아와 앉는 순간

까치가 휙 낚아채 창공을 나른다
그때 내가 알아챈 것은
새끼참새가 먹잇감이라는 것을
그리 알았으면 잽싸게 달려가
까치를 쫓아 주었을 텐데

"야 빨리 내려놓지 못해!"
뒤늦게 큰소리 질렀지만
커다란 소나무 가지에 걸터앉은 까치는
주둥이로 먹이를 꽉 문 채 삼켜버렸다

내가 어릴 적 삼태기에
명주실 길게 늘여 참새 잡아서

구워 먹던 일이 생각나고

약육강식이라는 먹이사슬을 지켜보고
돌아오는 길
세상살이가 녹록치 않다는 것을 알았다

겨울나무

과천 청계산 한 자락을 차지한 호수에
그림자를 길게 드러눕힌 나목 하나
여름내 잎사귀를 죄다 떨어내고
꼭대기에 까치집 하나만 덩그러니 매달리다
그 가족들 한겨울을 어찌 보내려나?

고향 집 문풍지를 파르르 떨게 하던
매서운 겨울 삭풍은 아직까지
나목들을 사정없이 쳐댄다

한나절 동안 쏟아 붓는 눈발이
가지마다 온통 덮어대지만
내 눈엔 하얀 눈꽃으로 피어난다
온 세상은 신기루 되어 눈부시다

햇살이 기와지붕 틈새로 살며시 스며들면
하염없이 허물어져 내리는 눈꽃들
한 생을 살다간 옛사람들이
뽐내고 살았어도 세월 앞에
눈꽃처럼 속절없이 무너져 내리려나

헛되고 헛된 것들로

채워져 가는 행간 속에

지나는 사람들 어깨 툭툭 두드려 대는가

발걸음에 밟혀진 은행들

가로수길 땅바닥에
밟혀진 채 널려있는 노란 은행들

천식에 효험 있다고
떨어진 은행알들을
마구 집어가는 아낙네들
지금은 거들떠보지도 않네

길옆에 떨어진 은행들은
차가 내뿜는 오염들로
천덕꾸러기 되어
이리저리 나뒹군다

어린 시절을 돌이켜 보면
잔칫날
빨강, 파랑, 노랑
색색깔 물들인 은행알들을
교자상 한가득 차려놓았지

어른들이

아이들 예쁜 눈 바라볼 때도
은행 껍질 같이 생겼다고
칭찬했건만

세월 따라 변하는 세태가
은행알의 가치를 밟아 버리려나
딱딱 떨어지는 은행알 소리가
내 귀청에 소란스레 스며드네

양귀비 가슴 속으로

햇살 길게 드리운 아침나절
도르르 흐르는 이슬방울 머금은
대공원 마당에 핀 붉은 양귀비꽃

모란의 고운 숨결 같은 촉감과
저리도 매혹적인 눈빛으로
당나라 현종의 마음을 사로잡았을까

그윽한 눈 맞춤 사이로
애절한 사랑이 흐르는 듯
무리 지어 총총히 서 있는 꽃대들
고양이 숨소리 마냥
고요한 그리움이 깃들어 있네

숭얼숭얼 제멋을 뽐내며
두리번거리는 한나절
그 자태가 샛별처럼 영롱하다

포근히 숨은 사랑 헤아리니
지난 세월의 덧없음이
가슴 한구석을 스치고 지나간다

모자이크

책갈피에 넣었던
마른 낙엽 한 장
종이 내음이 새겨들어
한 그루 나무가 되어 버티고 있다

나는 그 나무 그늘에 발을 뻗고 앉아
살아온 지난 세월을 한 장씩 넘겨 가는데
빛바랜 기억 속에
삶의 무게는 가라앉아
가슴을 짓누르지만

낙엽 한 장이
나무가 되듯이
내 삶도 둥지가 되어
지난날을 회상하리라

세월

청계산 중간쯤 오르니
바위틈을 비집고
아기 싹들이 빼곡히 돋아난다

저 멀리 뻐꾸기 소리
깊게 박은 짙푸른 소나무 자라나고
여름 문턱을 드나든다

왕벚꽃 나무는 향기 진한 꽃내음 흩뿌리며
내 발걸음을 붙잡네

희끗희끗한 머리칼에
숨을 몰아쉬며 산에 오를 때마다
육신은 지쳐가도 마음만은 나를 듯 하여라

지나온 발걸음 탓해 보아도
사계절이 말없이 흐르고
개울가 물소리만 쉼 없이 재잘거린다

어디론가 가버릴 개울물에
마음을 실어놓고
그리움 하나 떠올려본다

늦가을 단풍 숲 단상

잿빛 가을비에 애증의 그림자 흩뿌릴 때
온 산야 그리움의 열병에 불타던 낙엽들
촉촉이 젖은 긴 세월 털며 땅바닥에 나뒹구네

단풍잎 비상의 나날
회오리바람에 나부낄 때
거미줄에 매달린 낙엽 하나
소슬바람에 음표로 춤추네

저문 석양에 형형색색의 단풍들
우수수 꽃비로 내려
우르르 몰려다니던 낙엽들
겉으로 드러내지 못한 비밀처럼
뒤척이며 속앓이하던 물살이여
입술까지 바짝 마른 잎새들의
숭숭 뚫린 밤의 기억들이여

매운 칼바람에
부스스 잠이 깬 새떼도
벌레 찾아 날아가는데

길고양이는 등짝에 달라붙은
빗물 털어내며 허기를 달래다가
등허리 웅크려 먹이 쫓아 헤매는가

황혼이 가슴속 깊이 스며들어도
먼발치 상처로 남은 기억조차
살가운 아름다운 추억으로 부활할까
달음박질로 얻은 실한 열매가 도사리 될까
연연하다가 잊혀진 시간 늦가을 단풍 숲 단상
못 떨구어낸 집착 하나씩 내려놓는다

느림의 미학

우린 미술관에서 만나기로 했다
커피를 마시며
잎 지는 가을 숲을 바라보리라

목적지를 눈앞에 두고
만차니 돌아가란다
오도 가도 못하고
한 시간 삼십 분이나
차 안에 갇혔다

유모차를 밀며 걷는 부부들
자유롭게 걷는다는 것

시디 플레이어에서는
베를리오즈의 즉흥 환상곡이 흘러나온다
서녘 하늘 석양이 붉다

종종걸음 쳐보지만
마음대로 안 되는 것들이 있다
기다림을 통하여
느리게 사는 법을 배운다

가을의 상념

잿빛 가을비
창문에 흩뿌린다
온 산들 불타던 낙엽
제 몸을 털어내고 멋대로 나뒹군다

거미줄에 매달린 나뭇잎 하나
가을비에 가만히 숨죽이고
잠이 든 낙엽들

길고양이 빗물 털어내며
부스스 잠이 깬 새떼도
둥지 찾아 날아가는데

저문 석양에 형형색색의
나뭇잎 불꽃들 고요하게 타오른다

낙엽마냥 작은 바람에도 휩쓸려 다니다가
시간을 잃어버린 나와 너

| 제6부 |

늙은 소의 슬픔

빈자리

사무실 한구석
긴 겨울밤 견뎌낸

꽃나무들 사이
앙상한 란타나도
봄이 돋는다

새침한 영산홍이
그리운 빈자리 채우고

물 주는 이 달라도
말없이 반겨주는
꽃잎들

햇살 드리운 창가에
헨델의 선율이
마음을 만진다

60대 그대들이여!

1962년 초등학교 시절에
올해는 일하는 해
모두 나서라~~

동네 확성기에서
우렁차게 울려 퍼지던 노랫소리
학교에서 돌아오면 책가방을 마루에 던져 놓고
아카시아 씨앗 싸리 씨앗 풀씨들을
쭉쭉 훑어 바구니에 담아
학교에 가져갔다

가끔은 수업 시간에 선생님 따라
산에 올라가
송충이를 한 깡통이나 잡아서 돌아왔다

여름철 장마 피해를 덜려고
사방공사를 한
황토 민둥산은
어느새 울창한 푸른 산으로 바뀌었다
어린 우리들 마음에는

산을 바라볼 때마다

그 시절 솔잎 향기로
순박했던 어린아이들은
나무가 훌쩍 자란 것처럼
60대 그대들이 아닌가

역경을 딛고 서다

58년 개띠인 내 동생
IMF 혹독한 시련에
큰 가방에 고향의 추억 주섬주섬 담아
두려움을 껴안은 채
아내와 어린 아들딸 손잡고
물설고 낯선 미국 애틀랜타 공항에 내렸다

고종사촌 집에서 잠시 머물며
아이들 옆에 놓은 채
파라솔 밑에서
잡화물건 몇 가지 놓고 팔았는데
그나마 날 궂은 날은 열다 치우다
어찌어찌 끼니 때우며 몇 달의 시간을 보냈다

정비공장에 취직하여
구슬땀으로 쉴 사이 없이 차량을 고치며
흘려보낸 20년 세월

그러다가 드디어 정비공장 인수하고
후유! 한숨 쉬던 동생

이제 주름진 얼굴에 희끗희끗한 머리칼
바라보아도 안쓰럽던

동생 집 담장에 빨갛게 피었던
장미꽃이 아련한데
나는 오늘도 달빛을 바라보며
까맣게 그을은 동생 얼굴을 그리워한다

온온사 지키는 은행나무

관악산 자락 아래 기품 있게 서 있는 온온사
해마다 피고 지는 꽃잎들
대숲 사이로
산새들만 들락거린다

조선 초기 과천 현의 객사에
연기 피어 올리던 오래 묵은 굴뚝이
세월이 덧없음을 말하는 듯이 이끼가 끼어 있구나

정조대왕이 수원에 있는 현륭원에
참배하고 돌아오는 길에 잠시 머무르던 곳
경관이 아름답고 고즈넉한 편안한 안식처

관가에 벼슬아치들도 하룻밤 머물며
은행나무 아래서 밤새 정사를 나누던
귓속말도 너는 다 들었겠구나

네 옆에 역대 현감 비석들이
나란히 정렬되어 너의 외로움을 달래주는구나

현감 정돈준 비석 변성환 비석
열다섯 명이나 보존되어
과천 현에 부임했던 현감들의 비석이
그 시절의 이야기를 들려주는구나

수백 년 동안 마을을 묵묵히 지켜오던 은행나무
상처 난 몸 구석구석에는 시멘트 덧바르고
오늘도 묵묵히 온온사를 지키고 있구나

텅 빈 자리에

깊숙이 배어 있던
켜켜이 쌓인 먼지를 끄집어내어
걸레를 몇 번씩 빨아 말끔히 닦아냈다

둘째 딸이 떠난 텅 빈 방에
딸 체취가 이곳저곳에
살뜰히 묻어 있다

한동안 있는 듯 없는 듯 함께 살았다
퇴근하고 오면
컴퓨터에 빠져들어
건강이 염려되기도 했다

혼자 서 보기를 바라는 마음에서
제집도 장만해 놓았으니
나가 살아보라고 등을 떠밀어 댔다

신발들이 가득 있던 신발장이
듬성듬성 비어 있다
목욕탕에 즐비하던

목욕용품들까지 다 싸 들고 갔으니
빈자리에 물 자국만 남아 있다

새 아파트에
날이 어두워지면
일찍 가겠다는 딸이 대견스럽다

요즘같이 무더운 불볕더위에도
이삿짐을 정리하느라 분주하다
지켜볼수록
인생을 알아가는 것이 아닌가
딸아!

저무는 날

구 남매 외며느리로
대소사에 종종걸음 치던 날들
열 감기로 경기하던 딸 등에 업고
병원으로 내달리던 두렵던 날

둘째 딸 등에 업고
이삿짐 트럭 타고
82년 2월 눈 덮인 겨울날
낯설던 신도시 과천에
첫발을 내려놓는다

여름날이면 자동차 경적소리 만큼이나
힘차게 울어대던 매미 소리
오늘도 그날처럼 요란하다

유충으로 어두운 땅속에서 기나긴
시간 흘려보내고
일주일 세상 밖으로 나와
울어대는 매미 닮은 우리 삶도

속절없이 지나가건만
영원히 살 것 마냥
욕심을 내려놓지 못한다

재건축으로 허물어져 가는
내가 오래도록 살아오던
아파트 바라보며
지난날을 회상해 본다

목청 놓아 오늘도 울어 대는
매미 소리에 가슴 먹먹하다

가로수에 세찬 바람만

관악산 아래 양지바른 빈터에
신도시가 생겼다.
질펀한 도로를 장화 신고 걸어 다니던 길
말끔히 새로 단장하고

은행나무 가로수길
노랗게 물들어
전국에서 제일 살기 좋다는
전원도시 과천

풋풋한 새아씨들 모여들어
아기 낳아 유모차 태우고
초, 중, 고, 대학 보내다
직장 잡아 결혼하고
노부부들만 남겨졌네

머리엔 새하얀 서리 내리고
눈가엔 잔주름만 가득하네

옆 동네 아파트

삼십육 년 수명 다하고
하얀 휘장 둘러쳐지니
적막만 흐르네

정든 사람들 무더기로 떠나고
가로수에 세찬 바람만 휘몰아친다

사람들도 아파트 닮아 하나 둘 떠나고
눈 오는 거리를 터벅터벅 걸으며
그리운 사람들 떠올린다

늙은 소의 슬픔

워낭소리 잠재우고
새벽안개 속으로
창살 속에 갇혀 코뚜레 뚫고 멍에 메고
늙은 소 도살장으로 끌려가는 예감인가
다리에 힘을 준다

두리번두리번
다시 못 볼 정든 산천
큰 눈망울에 고인 눈물
기억에 저장하는가

뚜벅뚜벅 다가오는 죽음 앞에서
사형수의 두려움이런가

무릎 관절이 닳도록
멍에 메고 논, 밭에서 쟁기 끌고
등짐 지며 채찍 맞다가
가죽만 남기었네

아버지들 처, 자식 먹이려고

이마에 깊은 주름

머리엔 하얀 백발

앞서거니 뒤서거니 저 강을 건너네

버팀목이 된 어머니

과천시 시니어 자서전반이 펴낸
어머니 열두 분의 인생 열전
「위대한 어머니」 자서전 속에
내 어머니의 따스한 눈빛이 있습니다

생전에 억척과 끈기로 이겨내며
가문을 일으켜 세우시고
인내와 부지런함을 일깨워 준 어머니
임종 시 고생하던 모습이 떠올라
어머니 손을 붙들고 한없이 흐느꼈지

학창시절 새벽 밥 지어주시고
숯불 다림질로
교복 칼라 빳빳하게 세워주시던
어머니
평소에 "넌 행복하게 잘 살아야 돼"라며
늘 들려주시던 말씀이
먼 훗날까지 아직도 들려오는 듯합니다

바위옷

어머니 품안 같은 청계산
청계사 뒷길을 따라
낙엽이 소복한 오솔길을 걷는다
헐벗은 나무들 사이로
우뚝이 서 있는 큰 바위
어스름한 바위벽에
몸을 붙이고 살아가는 바위옷
그 음습한 세상에서 몇 겁을 살았기에
이리도 거무튀튀한 빛이 되어 있을까

너럭바위 안쪽에 바싹 몸을 기댄 모습이
한겨울 설한풍을 막아줄 바위틈에서
그를 닮은 것인지
듬성듬성 돋아난 검버섯들

자연의 섭리를 알고 있는 듯
산행하는 이들을 흘깃흘깃 바라보며
겨울 채비를 하는지 잔뜩 웅크려 있다

꽃밭에 멈추다

서울 대공원역 양귀비 꽃밭은
나비도 그루잠 깨어나 춤추는
청정한 매혹의 꽃바다
양귀비 속삭임 잎에 흐르는 눈물
스미듯 스며들 듯 꽃잎마다
살핏 눈물이 말을 걸어오네

빼어난 꽃 자태에 무너진 뻐꾸기
눈빛으로 윙크하는 설레임에
반짝이던 이슬방울이 도르르 흘렀네
태양이 푸른 창공을 건너는 한나절
우리네 이슬 같은 삶도 찰나인 것을

서로 눈맞춤에 깔깔 거리고
얘기하며 손짓하는 뜨거운 꽃무리
까만 고양이 숨소리 들락거리는
실바람에 실려 온 작은 새 노래 부를까
사랑의 멍에 짊어진 나들이 인파 오가고
주홍 분홍 빨강 꽃 숭얼숭얼 박혀
기품 있게 미소 짓네

수천만 사랑의 눈망울 젖은
꽃 꽃 꽃 나부껴 수런거리던
겹겹 양귀비 꽃파도 빛나는 절정에
두려움 없이 눈을 뜨고 귀가 열리는
맹목의 사랑가 들리는가
언뜻 스치는 하얀 구름 따라 흘러간
애틋한 사랑의 기억을 바람이 연주하네

꽃잎 심장 살포시 어루만지자
한평생 살며 다친 마음들
옹이진 생채기도 스멀스멀 풀리네

바람 부는 날

뾰족이 피어난 새싹들
녹색 아지랑이 싱그럽다
앞뜰에 하얀 벚꽃이
바람 사이로 비틀거리며
눈꽃을 그렸다

까치집도 덩달아 흔들린다
새끼 까치들 호숩다고 재잘거릴까
무섭다고 가슴 졸일까?

콘크리트 건물이 무겁게 서 있다
꽃피우고 진 세월이 30여 년
바람이 세차게 분다
고목이 된 벚꽃은 변함없이 꽃 피운다

까치집도 그대로 매달려 있다
동네 사람들 그대로 살면 좋겠다

작품해설

치열한 삶이 피워내는 시
- 꽃비로 내리다

이철호(시인 · 소설가)

전경옥 시인의 시는 산문적 특성이 시의 형식에 잘 안착되어 자신만의 독특한 시 세계를 형성하고 있다. 이는 일상의 소재들을 자신의 언어로 새롭게 창출해내는 내화의 과정을 거쳐 이루어지는 바, 이러한 작업 과정을 통해 삶의 균형 감각이 회복되고 놀라울 만큼 삶의 순간순간들을 빛나게 한다.

일상의 언어들이 한 폭의 그림같이 아름다운 시의 세계로 재탄생되어지는 이 일련의 과정은 시인이 어떠한 삶을 살아가고 있는 것인가. 정갈하게 앉아있는 그의 시에서 첫 번째로 느껴지는 삶의 태도이다. 그러면서도 흔들림 없는 삶은 얼마나 견고하게 뿌리내리고 있는 것인지. 어쩌면 시인이 살아왔던 삶의 걸음들은 치열함으로 만들어진 단아함이 아닐는지. 〈봉수산 휴양림〉에서 단박에 보여주고 있는 시인의 삶의 질서를 보라.

하룻밤 머물렀던 봉수산 휴양림

가까이 바라다 보이는

예당호수 수면 위로

한 폭의 수묵화를 펼치는 물안개

짙푸른 숲속에는

앙증스런 제비꽃

붉은 치마 휘감은 진달래꽃

상큼한 솔향이 코끝에 번져온다

십여 년이 흘러간 세월

정감이 넘치는

「유테르피」음악 모임이 있었지

바흐의 'G선상의 아리아'

슈베르트 '겨울나그네'

봉수산의 밤을 수놓았던

휴양림의 그날 밤은 그윽이 깊어갔다

- 〈봉수산 휴양림에서〉 전문

봉수산 휴양림에서 하루를 보냈던 시인은 소소한 감상을 간략하면서도 생기롭게 잘 매무시 하고 있다. 마치 잘 단련된 준마처럼 시인의 글이 늘씬하다.

시인은 먼저 예당 호수의 물안개로 분위기를 잡는다. 그리고 제비꽃, 진달래, 솔향으로 짙푸른 숲속 한가운데

서 갑자기 십여 년 전의 세월을 훌쩍 거슬러 올라 '유테
르피'라는 음악 모임을 회상한다. 시인에게 있어 세월을
거슬러 들려오는 'G선상의 아리아'라든가 '겨울 나그네'
가 휴양림에서 현재적인 안식으로서 시인은 받아들이는
것은 아닌지. 멋진 새의 비상처럼 10년의 도약은 시를
신비롭게 만드는 기저로 작용하고 있는바 마치 작은 블
랙홀에 빠져드는 느낌이 시의 깊이와 풍성함을 가져오
고 있다.

    서산마루에 기울고 있는 햇살
    붉은 노을이 어둠의 강을 건너려 한다
    섬과 섬 사이 바다 물빛이 붉어진다

    멀리 안면도가 바라다 보이는 간월암의 노을
    암자만 덩그러니 남아
    저무는 짙은 그림자 드리운 채 적요롭다

    갯벌에 어둑한 물결이 밀려오고
    조개들도 서둘러 제집을 찾아드는지
    갈매기 눈치를 살피며 바삐 움직인다

    땅거미 내리는 갯마을 사람들
    소쿠리에 주섬주섬 챙겨들고
    노을 속으로 발길을 재촉하는 가을 저녁
                     - 〈간월도의 노을〉 전문

〈간월도의 노을〉에는 석양빛에 물들고 있는 간월도 갯마을의 정경을 굵은 선으로 그리고 있다. 그러면서 섬세한 터치로 갯마을에서 일어나고 있는 현재적 시점을 생생하게 표현해 내고 있는 것이다. 시인이 간월도를 바라보는 시선의 움직임에 따라 독자의 눈 속에는 아름다운 섬의 풍광이 그려지고 있다. 그런데 '서산마루에 기울고 있는 햇살' '붉은 노을이 어둠의 강을 건너려 한다'는 대목은 다분히 시인의 깊은 내면을 들여다볼 수 있는 심상이다. 그것은 이 시에서 그려지고 있는 것들이 단순히 아름다운 자연의 한순간을 옮겨놓은 것이 아니라고 말하고 있다. 자연이 만들어내고 있는 그림들은 어쩌면 시인의 마음의 상태들을 대변하고 있는 것인지도 모른다. '섬과 섬 사이'나 '암자만 덩그러니 남아'에서 엿볼 수 있는 시인의 심상은 고독과 외로움 그리고 남겨지거나 버려짐에 대한 시인의 정서가 드러나 있는 것은 아닌지. 제 집을 찾아드는 조개들조차 '갈매기 눈치를 살피며'에서는 삶이 만만하지 않다는 것을 '소쿠리에 주섬주섬 챙겨들고' 가는 갯마을 사람들에서도 비슷하게 삶의 고단함을 느낄 수 있으리라 노을 빛 젖어드는 조용한 간월도 에도 삶의 비정함이 숨어 시는 웅장하면서도 흐트러짐이 없이 더욱 독자의 가슴을 뜨겁게 달군다.

한편 〈삿갓재 대피소 가는 길〉은 빨리 대피소에 도착해야 하는 시인의 긴장미가 고스란히 느껴지는 시이다.

덕유산 향적봉 정상에 올라서니
초록 융단 깔아놓은 듯
겹겹이 둘러싸인 푸른 산봉우리들
잎새를 흔들어 대는 시원한 바람이
땀방울에 젖은 콧잔등을 말린다

삿갓재 대피소 넘어가는 발걸음들은
오르막 내리막 숨 가쁘다
산사람들 밟고 간 발자국들을
뒤적거려도 흔적이 없다

꼬부랑 길가에 노랗게 피어난
야생화들이 발길에 흔들린다
이 길을 먼저 지나간 산사람들은
지금 어디쯤 가고 있을까
외로운 산새 소리만 낭랑한 음색으로
귀청을 울려댄다

연분홍 산철쭉들 해맑게 미소 짓는
삿갓재 가는 길가
빨간 뱀딸기가 바짝 달라붙어
매달려 있다

독사 실뱀이 꼬리를 감추며 스르르 지나간다

어미 독사도 어딘가에서 지켜보고 있겠지
어둠이 스며들기 전
대피소에 도착해야 하는데

쉼 없이 내려오니
노을에 붉게 잠긴
삿갓재 간판이 정겹다
저만치 우뚝 솟은 풍력기 날개가
인생의 수레바퀴가 쉼 없이 돌고 돌 듯 돌아간다

　　　　　　　- 〈삿갓재 대피소 가는 길〉 전문

　어쩌면 이렇게 잘 매무시될 수 있을까. 수필로 쓰여야
할 여행문적 요소가 시에 녹아서 여행 시가 되고 있는데
시인의 시선은 별로 흐트러짐이 없는 듯 보인다. 하지만
시인은 포인트를 놓치지 않고 꼭 집어가며 시의 호흡을
조절하고 있을 뿐만 아니라 여행에 대한 소회 또한 빠트
리지 않고 있다. 시로서 일상의 삶을 다시 빚어내는 솜씨
가 놀랍다 할 것이다. 이러한 산문적인 내용이 시로서 승
화될 수 있는 것은 시인의 과감한 생략과 집중에 있는 것
이 아닌가 한다. 즉 포인트를 집어서 도약하는 방법을 통
해 시로서의 면모를 완성해 간다고 할 것이다. 이에는 시
인의 언어의 음을 잘 살려 긴장감을 고조시킴으로 리듬
감이 한층 강화되기 때문에 가능한 일이 아닌가 한다
　먼저 시인은 덕유산 정상에 선 감상이 잘 드러나고 있

다. 이는 정상에서 오르는 오르막이 아니라 정상에서 내려오는 가파름이 전제되기 때문에 시는 급박하게 리듬을 탈 수 있는 심리적 요소로 작용하고 있다. 즉 1연의 정상에서 2연의 곧바로 삿갓재 대피소 넘어가는 발걸음이 오르막 내리막 숨 가쁘다고 말함으로 시가 역동성을 지니게 되는 것이다. 그러면서도 산사람의 발자국의 흔적을 찾을 수 없다며, 야생화와 산새 그리고 산철쭉, 뱀딸기, 실뱀에 이르기까지 시인의 눈에 밟히는 사물들에 대한 애정 어린 감상과 어둠이 오기 전 대피소에 도착해야 한다는 시인의 걱정까지 한달음으로 달리고 있다. 결국 삿갓재 대피소에 도착하고 나서는 저만치 돌고 있는 풍력기가 쉬임없이 돌고 도는 인생의 수레바퀴로 여겨진다고 한다. 어쩌면 한숨 돌린 시인의 여유가 아닐는지 그렇다면 〈맹그로브 숲 반딧불이〉는 어떤가.

바라보는 북두칠성이 유난히 찬란하다
어두움을 헤치고 강줄기를 따라 흘러가는 선상
저 멀리 맹그로브 숲에 날아다니는 반딧불이
신비로운 빛을 발한다

선장이 물 한 바가지를 퍼 흩뿌려대자
한 무더기 반딧불이 우왕좌왕하며
마치 분수 쇼를 하듯
빛을 뿜어낸다

어린 시절
엄마와 함께 옹달샘에 가서
등목을 하며 바라보았던

어두운 한가운데로
자유롭게 날아다니던
영롱한 반딧불이 빛이
아직도 추억으로 남았다

선장이 연거푸 퍼붓는 물에
젖은 날개는 더 이상 날지 못하고
땅바닥에 철퍼덕 떨어진 채
간간히 들리는 신음소리

이승과 저승 사이를 오가며
지쳐 있는 반딧불이 안쓰럽다
잊지 못할 반딧불이를
말레이시아 맹그로브 숲에서 만났다

- 〈맹그로브 숲 반딧불이〉 전문

1연은 '바라보는 북두칠성이 유난히 찬란하다'며 말문을 연다. 북두칠성의 찬란함은 반딧불이로 연상될 수 있는 하나의 복선, 반딧불이를 위한 자연스런 매개이다. 그러면서 반딧불이의 분수 쇼를 보기위해 선장이 뿌려대는 물바가지 사이에 어렸을 때 등목을 할 때 보았던 '자유롭게 날아다니던 / 영롱한 반딧불이'를 추억한다 하나의 행위 속에 추억을 끼어 넣음으로 상업과 생명에 대한 경시가 더욱 대비되어 비인간적으로 느껴지도록 장치되어 있다. 그러면서 간간히 들리는 신음소리에 이승과 저승의 경계를 시인은 가깝게 느끼게 된다.

대비의 효과를 극대화하여 만들어 내는 구성의 매력이 돋보이는 작품이다.

　　슬로바키아 타트라 산맥의 산장
　　이천육백 고지는
　　부부의 하룻밤 안식처였다

　　빼곡한 침엽수에
　　반가운 민들레
　　산짐승 도적도 나올 것만 같아
　　잰걸음 치며 바삐 걸었다

　　물안개 자욱이 피어나는
　　옥빛 호수에 한가로운 오리 한 쌍
　　몰려다니는 물고기 떼
　　우리 부부는 배경 속에 한 점이 되어

　　망망대해에 외로운 조각배처럼

힘겨운 역경에도 서로가 버팀목이 되어
한곳을 바라보며
동행했던 시간들이 아련히 떠오른다

- 〈타트라 산맥의 안식처〉 전문

타트라 산맥이 부부의 안식처가 되었다는 서두를 꺼내
며 시인은 무슨 이야기를 하고 싶었던 것일까. 사실은 엉
뚱하게도 빼곡한 침엽수, 반가운 민들레, 산짐승 이야기
를 하고 물안개 자욱히 피어나는 옥빛 호수의 오리 그리
고 몰려다니던 물고기 떼 등 아무렇지도 않은 듯 함께 했
던 순간을 이야기 하는 듯이 보인다. 하지만 과연 그럴
까. 시인은 부부의 정겨움을 타트라 산맥의 곳곳에 숨겨
두고 있다. 그러다가 부부는 한 점으로 외로운 조각배로
둘로 나눌 수 없는 하나임을 이야기 하고 있다. 그리하여
그 시선마저 하나였음을 자랑스레 깃발을 흔들고 있지
않은가. 시인은 타트라 산맥에서의 부부의 하룻밤을 이
렇게 능청스럽게도 부부의 사랑으로 묘사하고 있는 것이
다.

절제된 시어 속에 단아함이 묻어 있어 부부의 사랑이
더욱 숭고해 보이는 아름다운 시가 아닐까 한다.

지리산 깊은 산속에 바짝 들어서자
수줍은 소녀 마냥 활짝 웃으며
기지개 켜는 산목련 한 그루

흩으러 놓은 산향기 끌어당겨 듬뿍 품고는
코끝을 살며시 매만진다.

지나치던 길손들 발걸음 꼭 붙잡고
가로막는 네 앞에 서서
내가 너를 물끄러미 바라보듯이
누군가 나를 애잔하게 바라볼 것이라
꼬리를 길게 늘어뜨린 향기도
어느새 저만치 홀쩍 가버리고

가파른 벼랑 오르며 발목이 시리게 걷다가
우두커니 홀로 서 있던 그날
갈 길은 아직도 아득한데
땅거미는 슬금슬금 내리고
산목련꽃은 산그늘에 슬그머니 잠드네

- 〈산목련꽃〉 전문

지리산 깊은 산속에서 뜻밖에 시인은 수줍은 소녀 마냥 활짝 웃으며 기지개 켜는 산목련 한 그루를 만나고 있다. 산목련에서 뿜어나오는 향기를 산향기를 끌어당겨 품고 있는 듯 그 향기만큼이나 건강함이 묻어난다.

'내가 너를 물끄러미 바라보듯이 / 누군가 나를 애잔하게 바라볼 것이다'은 누군가 나의 이름을 불러주기를 바라는 모든 이의 간절한 소망이기에 가슴 뭉클함으로 다가온다. 애잔하게 나를 바라보아 주는 누군가로 인해 삶은 얼마나 아름다울 것이며 또 살아보고 싶은 것이겠는가.

그러면서 시인은 언젠가 가파른 벼랑 오르며 발목 시리게 걷다가 우두커니 홀로 서 있던 그날을 기억한다. 아름다운 산목련 앞에 우두커니 홀로 서 있을 수밖에 없던 때가 혹 있지는 않았을까. 누군가의 가슴에서 꽃으로 피어나길 원하는 우리의 간절함이 묘사되어 있는 서로, 다소 모호한 듯한 표현이 신비로움을 더하고 있는 시가 아닐까 싶다.

가녀린 몸으로 찬 서리 내리는 밤 지새우며
북풍한설 잘 견디어 온 신우대숲

울 듯 웃을 듯 50년 만에 피운 그 대꽃에
노고단 별빛이 쏟아지던 밤
네 곁을 무심코 스쳐 가다가
꽃 피우면 쓰러질 대꽃 앞에서 멈칫 섰네
너는 우리를 만나려고 까치발 들고 기다렸는가
신우대 첩첩 꽃물 잎잎마다 가냘픈 음계라

대꽃 뚫어지라 응시하던 눈망울로
남편의 뒷모습 바라보니 겨울나무라
몇 생의 실타래로 이어진 그대와 나

가을날 볏단 서로 기대듯 의지해 볼까

속살 태운 불꽃 가슴 한쪽에
하늘 더듬던 꽃대 흔들리는 숨결로
살포시 미소 짓던 푸르름이
쏜 화살 세월은 주마등처럼 스쳐 가는데
패어진 주름살에 희끗희끗한 백발이 먼저 와
내 마음을 적시네

신우대꽃은
우리의 죄를 위해 성대한 장례식을 예비한
예수의 십자가인가
누구든지 나를 따르려거든
자기 십자가를 지고 오라
나는 잠시 잠깐 그 십자가를 질 수는 없는 것일까
신우대꽃 곁에서 오랜만에
붉은 죄를 생각해 보았다.

－〈신우대꽃 곁에서〉 전문

　이 시 또한 구성의 묘미가 있는 시이다. 즉 전반부에서
는 신우대꽃을 중반부는 남편 그리고 후반부에서 예수의
십자가로 확장되어지고 있는바 그 비약의 자연스러움이
그저 놀랍기만 하다 이는 시인의 독특한 시 전개 방식으
로 시인의 생각과 심상을 전달하는 독특한 시인의 세계

를 형성하고 있다.

'꽃 피우면 쓰러질 대꽃 앞에서 멈칫 섰네 / 너는 우리를 만나려고 까치발 들고 기다렸는가' 간절한 기다림이 피어낸 신우대꽃 앞에서 '몇 생의 실타래로 이어진 그대와 나 / 가을날 볏단 서로 기대듯 의지해 볼까'라는 대목에 이르면 어쩐지 천년의 간절한 세월이 무색하리만큼 가을 볏단에 비유된 시인의 어투는 살짝 웃음을 머금게 한다. 그러면서 신우대꽃을 예수 십자가로 비약해가는 시인의 심상은 대범하면서도 항상 의식 속에 잠재한 신앙의 발현이 아닌가 생각해 보게 된다.

'철마는 달리고 싶다'
월정역 앞
현판에 새겨진 간절한 소망

남과 북이 갈라진
휴전선, 그리고
비무장지대
철새들은 계절 따라
바람결 타고 오고 가는데
한겨레 한 핏줄, 등 돌린 슬픔
경원선과 경의선은
발길 끊긴 지 70년 세월
녹슨 철길에 앙상한 잔해

무너진 화물열차가 말없이 누워있다

월정역 너머로
땅거미가 가뭇가뭇 내린다.

　　　　　　　- 〈슬픔 어린 그곳에 가면〉 전문

　간결하면서도 간절한 민족의 소망이 잘 드러난 시이
다. 특별히 마지막 연 '월정역 너머로 / 땅거미가 가뭇가
뭇 내린다'는 표현은 더없이 아픈 현실을 대변하고 있는
듯 깊은 여운으로 독자의 마음에 아픔으로 전해온다.

지팡이에 맡긴 몸
손지갑도 힘에 겨워
걸음걸음 가쁜 숨 몰아쉬던 어머니

아산 스파비스 온천물
가벼운 물살에도
힘겨워하시던 어머니

머리카락은 세월의 흔적만큼 빠지고
깃털처럼 가벼워진 어깨

바위에 새겨진 글처럼
마음에 남겨진 미소

차창 밖으로
마른 잎 같은 손
보이지 않을 때까지
흔들어 주시던 어머니

사시던 웅비 아파트는
텅 비어 있지만
간절한 그리움으로
닳고 닳은 성경책만 남아 있네

- 〈어머니의 흔적〉 전문

손지갑도 힘에 겨워하시던 깃털처럼 가벼워지신 어머니를 그리는 애닮은 마음이 잘 느껴지는 작품이다. 누구나 지나는 인생길인데 우리는 천년만년 살 것처럼 행동할 때가 얼마나 많은가. 사랑하는 일은 그러므로 결코 미루어서는 안 되는 것, 닳고 닳은 성경책, 간절한 그리움으로 남아있다. 하지만 어머니의 자녀를 향한 간절한 기도는 여전히 시인의 영혼과 삶을 감싸고 있을 것이다.

꽃비 흩날리는 봄날
과천 대공원 길을 걷는다
가슴이 꽃물에 흠뻑 젖는다

웨딩마치에 맞추어

레드카펫을 걸어가던 날
그때에도
내 머리 위에 꽃비가 내렸었지

말그레한 은빛 나비들이
선녀의 옷자락처럼
나풀나풀 떨어지는 봄날의 환희

직박구리 새떼들도
신바람 입에 물고
벚나무 그늘 속을 휙휙 날아든다

향기 품은 벚꽃 길을
나는 그날의 신부처럼 걷고 있다.

                              - 〈꽃비 내리는 날〉 전문

   다소 환상적인 그러나 벚꽃 흩날리는 날의 그 아름다
움을 적확하게 표현해 내고 있는 시인의 솜씨가 놀랍다
누구나가 그 벚꽃 비속을 걸으며 환호의 심정을 무엇이
라 표현할 길 없어 안타깝지 않았던가. 그런데 시인은 자
신의 결혼식을 떠올리며 그 꽃비를 맞고 있는데 아, 얼마
나 환상적인 궁합이던가. 동시에 시인의 사랑이 여전이
벚꽃처럼 내리고 있다는 이 명징한 증표 앞에서 독자는
입을 벌리고 마는 것이다 그날의 신부처럼 환희가 내리

고 있다.

청계산 중간쯤 오르니
바위틈을 비집고
아기 싹들이 빼곡히 돋아난다

저 멀리 뻐꾸기 소리
깊게 박은 짙푸른 소나무 자라나고
여름 문턱을 드나든다

왕벚꽃 나무는 향기 진한 꽃내음 흩뿌리며
내 발걸음을 붙잡네

희끗희끗한 머리칼에
숨을 몰아쉬며 산에 오를 때마다
육신은 지쳐가도 마음만은 나를 듯 하여라

지나온 발걸음 탓해 보아도
사계절이 말없이 흐르고
개울가 물소리만 쉼 없이 재잘거린다

어디론가 가버릴 개울물에
마음을 실어놓고
그리움 하나 떠올려본다

- 〈세월〉 전문

세월의 덧없음을 지나는 계절과 시적 화자의 육신의 모습을 비유하여 그리고 있음에도 이 시가 그렇게 부정적으로 느껴지지 않는 이유는 무엇일까. 첫 연에서 바위 틈을 비집고 아기 싹들이 빼곡이 돋아나기 때문일 것이다. 그럼으로 어디론가 가버릴 개울물에 마음을 실어놓고 그리움을 떠올릴 수 있는 여유가 시인에게는 있었으리라 이는 시인의 시야가 일개인에 한정되지 않고 사물을 아우르고 또 그것은 '나'의 관점으로 받아들이고 있기 때문에 가능하리라 여겨진다.

워낭소리 잠재우고
새벽안개 속으로
창살 속에 갇혀 코뚜레 뚫고 멍에 메고
늙은 소 도살장으로 끌려가는 예감인가
다리에 힘을 준다

두리번두리번
다시 못 볼 정든 산천
큰 눈망울에 고인 눈물
기억에 저장하는가

뚜벅뚜벅 다가오는 죽음 앞에서
사형수의 두려움이런가

무릎 관절이 닳도록

멍에 메고 논, 밭에서 쟁기 끌고

등짐 지며 채찍 맞다가

가죽만 남기었네

아버지들 처, 자식 먹이려고

이마에 깊은 주름

머리엔 하얀 백발

앞서거니 뒤서거니 저 강을 건너네

— 〈늙은 소의 슬픔〉 전문

아, 내 한 몸의 안온함이 무엇이었던가. 즐거움도 모른 채 오직 처자식을 위해 한 몸 받쳤던 삶이 아니었던가. 세월이 어떻게 갔는지도 모른 채, 눈 한번 들어보니 저 강이 앞에 놓여 있는 현실 앞에서 아버지는 슬픔과 회한에 젖어들까.

늙은 소와 오버랩 된 아버지의 이미지는 독자로 깊은 슬픔에 젖게 한다. 그럼에도 불구하고 처자식을 위한 헌신이 오직 아버지의 기쁨이 아니었을까를 생각하면 그 강을 앞에 두고 그렇게 당신이 살아왔던 시간들을 자랑스럽게 여기리라 믿어진다.

자칫 전경옥 시인의 시가 여행시로 말미암아 산문적 특성이 두드러진 시로 인식될 수도 있을 것 같다. 그러나

전경옥 시인은 다양한 시의 양식을 실험하고 있는 도전의 시인이다. 특별히 시인은 일관성 있는 서술보다는 비약을 통해 다소 이질적으로 보일 수 있는 소재와 주제를 끌어 들임으로서 독자들 시선을 환기시키고 있다. 이는 이국적인 신선함을 잘 소화해 내어 자신의 독특한 시형을 만들어 내는데 기여하고 있다. 이러한 비약적인 전개는 시인이 언어가 갖고 있는 음의 고저를 잘 살려냄으로 한층 긴장감 있는 구조적인 틀을 만들어 내고 있기에 시는 탄탄한 기반 위에 서 있다 할 것이다.

또한 눈여겨 볼 것은 시인의 시는 삶과 매우 밀접한 실재적인 소재들을 다루고 있다는 점이다. 이는 시인의 삶이 곧바로 시로서 재탄생 되어지는 진실성의 문학으로 읽혀질 수 있다. 단지 미사여구를 늘어놓는 것으로, 그럴듯한 말장난으로 헛시를 만들어내고 있는 현실을 감안한다면 참으로 귀한 일이 아닐 수 없다. 느끼고 체험하고 본 것을 시인의 언어로 조탁해 내고 있기에 어쩌면 단순해 보일 수도 있는 시인의 시는 그래서 더욱 값지고 놀랄 만큼 빛나고 있는 것이 아닐까.

꽃비 내리는 날

인　　쇄 | 2019년 3월　6일
발　　행 | 2019년 3월 14일

지은이 | 전경옥
펴낸이 | 노용제
펴낸곳 | 도서출판 한국문인
등록번호 | 제2-5003호
주　　소 | 04558 서울시 중구 창경궁로 1길 29 (3층)
전　　화 | 02-2272-8807
팩　　스 | 02-2277-1350
이메일 | rossjw@hanmail.net
ISBN　978-89-93694-52-9 (03810)